Astrid Gabriel

Ein Brief an meine Enkel

Astrid Gabriel

Ein Brief an meine Enkel

Leon, Liv, Nils, Torge, Bianca und Eric

Copyright: © 20120 Astrid Gabriel
Lektorat: Klaus-Dietrich Petersen
Grafik: Anna Kubke
Rechteinhaber der Abbildungen: Astrid Gabriel
Layout: Johannes Weinand
Umschlag & Satz: Erik Kinting – buchlektorat.net

Verlag und Druck:
tredition GmbH
Halenreie 40-44
22359 Hamburg

978-3-347-13741-7 (Paperback)
978-3-347-13742-4 (Hardcover)
978-3-347-13743-1 (e-Book)

Bibliografische Information der Deutschen Nationalbibliothek:
Die Deutsche Nationalbibliothek verzeichnet diese Publikation in der Deutschen Nationalbibliografie; detaillierte bibliografische Daten sind im Internet über http://dnb.d-nb.de abrufbar.

Ein Brief an meine Enkel

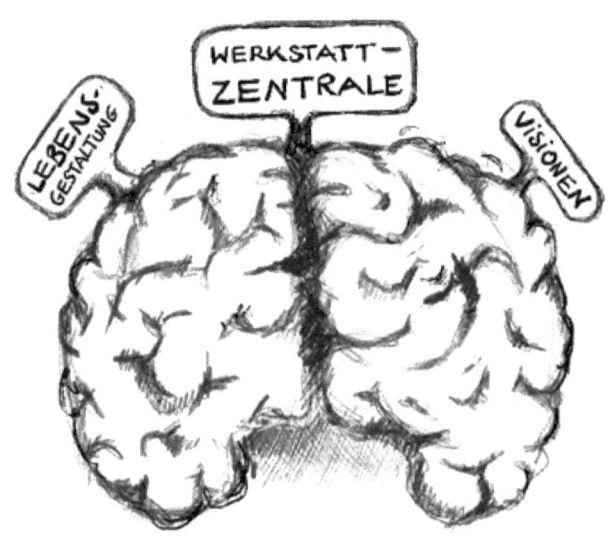

Langsam kommt die Zukunft herangezogen,
pfeilschnell ist sie verflogen,
ewig still steht die Vergangenheit.

Unsere wahre Aufgabe ist es, glücklich zu sein.

Glück und Zufriedenheit:
Empfinden = Gefühl.

Die Beobachtung musst Du allzeit auf Dein
Gefühl haben. Das Gefühl darfst Du
„niemals aus den Augen verlieren."
Denn Deine Gefühle werden von Deinen
Gedanken erzeugt. Die Gedanken haben
sehr oft ein wildes, schwer
kontrollierbares Eigenleben. Du bist Dir
ihrer gar nicht immer bewusst. Weil:

Nicht denken, geht nicht.

Aber Deines Gefühls kannst Du Dir immer
bewusst sein.
Unsere wahre Aufgabe ist es, glücklich zu
sein.
Das will doch jeder, oder?

Glücklich ist jeder jedes Mal, wenn ein
Ziel erreicht wird, so wie es erwünscht ist/
war. Um ein gutes Gefühl zu haben,
erleben oder wieder zu erreichen, musst Du
wissen, dass Du ein Gefühl nur haben,
erleben oder wieder erreichen kannst,
wenn vorher Gedanken durch Deinen Kopf
gegangen sind, die genau das Gefühl
erzeugt haben, welches Du gerade hast.
Das heißt also, dass Dein Gefühl das
Barometer ist, an dem Du ablesen kannst,
wie Deine Gedanken waren, die dieses
Gefühl hervorgerufen haben. Manchmal
geht es sehr schnell vom Gedanken zum
Gefühl, manchmal dauert es etwas länger.

Gedanken haben die Tendenz
sich zu verwirklichen,
Realität zu werden.

ALLES beginnt mit einem Gedanken!

Ein Gedanke, den Du denkst, schwingt auf
einer Frequenz. Du gibst dieser Frequenz
Namen der Gefühle:

1. Frequenz: Freude, Begeisterung,
    Spaß, Liebe, Glück, Vertrauen =
    Positiv.

2. Frequenz: Frust, Wut, Neid, Hass,
    Rache, Eifersucht, Zweifel, Angst =
    Negativ

Über diese ausgesendeten Frequenzen
holst Du Dir die dazu passenden Erlebnisse
in Dein Leben, sie werden zu (zu Deiner)
Realität.

Schon Buddha sagte:
Alles was wir sind, ist das Resultat dessen,
was wir gedacht haben.
563-483 v.Chr.

Die Gedanken transformieren vom
Unsichtbaren ins Sichtbare.

Du bist der Mittelpunkt in DEINEM
Leben.
Alles, was um Dich herum ist, erschaffst
Du jetzt und in Zukunft. Ob Du es nun
weißt oder glaubst oder nicht:
Deine Gedanken sind IMMER schöpferisch
und erschaffen Deine Erlebnisse, Dein Leben.
Es bleibt die Frage: Was will ich …?

Das ist der springende Punkt:
„Worauf ich meine Aufmerksamkeit
richte, das vermehrt sich. Im Guten wie im
Schlechten."

Unterscheide also immer, ob Deine
Gedanken, und damit Deine
Aufmerksamkeit, bei dem verweilen, was
Du willst oder bei dem, was Du nicht willst.

1. oder 2. Frequenz. Beides vermehrt sich
in den jeweiligen
Erlebnissen …

Und da kommt das Gefühl wieder ins Spiel.

Das, was du willst= fühlt sich gut an.

Das, was du nicht willst= fühlt sich
schlecht an.

Wie ist Dein Gefühl? Gut oder schlecht?

Gut heißt immer ----- FÜR etwas sein = Frieden, Gesundheit, Liebe, Glück, Überfluss.

„Im Fluss sein."

Schlecht heißt immer -- GEGEN etwas
sein=Krieg in jeglicher Form. In der
Freundschaft, Schule, Beruf und in der
ganzen Welt.

Und was ist gerade in Deinem Inneren los?

Krieg oder Frieden?

Ordne die Gefühle der jeweiligen
Frequenz zu. Wenn Du das geschafft hast,
musst du begreifen und Dir darüber klar
werden, dass das, was Du unsichtbar

ausgesendet hast, als Realität in Dein Leben kommt.

Wenn es etwas Gutes ist, erlebst Du es voll Freude.

Wenn es etwas Schlechtes ist, musst Du da hindurch und es abhaken!

JEDERZEIT kannst Du neue Gedanken fassen über das WAS DU WILLST.

Schreibe sie doch einmal auf.
Die Kraft Deiner Gedanken ist immer schöpferisch, das heißt: sie führt immer zu Ergebnissen, egal ob zu guten oder schlechten. Welche Ergebnisse willst Du? Schreibe auch sie einmal auf. Aufschreiben führt zu klaren Gedanken, weil sie „eingefangen" und dadurch in die gewünschte Richtung gebracht werden. Dann bestimmst DU wieder, wo es lang geht und nicht sie.
Willst Du über deine Gedanken herrschen oder dürfen Deine Gedanken dich beherrschen?

Dazu musst Du noch wissen, dass Du
niemals die Worte „nicht oder nie"
gebrauchen darfst, bei Deinen Formulierun-
gen.
Die unsichtbare Kraft Deiner Gedanken
erkennt nur, dass etwas erschaffen werden soll
und nicht, dass etwas nicht erschaffen werden
soll.

Die Worte „nicht oder nie" sind ihr unbekannt.
Also:
Ich will nicht zu spät kommen,
heißt ohne, dass nicht …? So funktioniert
Dein Geist, Dein Freund und Helfer.
Aber das Wunderbarste ist, dass die positive
Kraft die negative Energie besiegt.

Ein positiver Gedanke ist 100-mal stärker als
ein negativer Gedanke.
Das kannst Du überall beobachten.
Aber eines ist sicher:
Du kannst nur an Deinem
Denken etwas ändern und damit wiederum
auch Deine Gefühle. (Nicht bei anderen.)

Denn:

Alles beginnt mit einem Gedanken.

Erst dann kann ein Gefühl entstehen, und

dann sendest du…!

Erst bist du Sender, und dann bist Du Empfänger. Konzentriere Dich daher auf das, was Du willst, und stelle Dir auf der Bühne Deines Geistes deine (positiven) erfüllten Wünsche vor, spüre, wie sich das anfühlt, halte daran fest und bleibe dem Gedankenbild und dem Gefühl treu, bis es sich manifestiert hat.

Wenn Du es sehen und fühlen kannst, ist es auf dem Weg zu Dir.

Mach Dir KEINE Gedanken darüber, WIE es zu Dir kommt, sondern nur über das gewünschte Ergebnis.

Habe Vertrauen in die schöpferische Energie des Universums.

Deine Gedanken sind magnetisch:

Transformation

denken

fühlen

erleben

Wähle gut

„Ein Dummkopf, wer Schlechtes denkt!"

Übung macht den Meister.

Der Denker und der Lenker

Nr. 1:

>Der Denker sitzt in Deinem Kopf- Bewusstsein

Nr. 2:

>Der Lenker sitzt tief in Dir-Unterbewusstsein. Er ist der Organisator in Deinem (Er)Leben.

Nr. 3:

>Die Realität, welche erschaffen wird/wurde.

Die beiden ersten sind für Dein ganzes Leben ein fest zusammengehörendes Arbeitsteam.

Nr.1:

>Agiert durch das Sehen, Hören, Gedanken frei denken, Kopfkino produzieren, frei.

Nr.2:

ist blind (im körperlichen Sin-
ne). Er wartet treu ergeben auf
Anweisungen von Nr.1und führt
sie aus. Er beurteilt und ver-
urteilt nicht, kennt kein „Gut
und Böse". Er macht einfach.
Aber er erschafft am schnellsten
und besten über Bilder. Sind
keine Bildvorstellungen vor-
handen, steht ihm nur die
Stimmung, die Gemütsverfas-
sung zur Verfügung, welche
aber mit und ohne Bilder immer
den Ton angibt.

Die Verbindungsleitung zwischen Nr.1 und Nr.2
ist das Gefühl.
Es ist wie mit Deiner Handykamera,
erst ein Bild anvisieren und mit einem
Gefühlsklick abschicken als Bestellung.

Es ist Dein Kreislauf von denken, fühlen, erleben. Immer wieder.

Also auch immer wieder neu:

STELLE ES DIR VOR
und freue dich über das erwünschte Ergebnis.

Das ist alles, was du tun musst.
Dein Einwand: „Oma, wenn das so einfach
wäre!
Ich stell mir das aber alles ziemlich schwer
vor."

Na gut, mein Lieber, Du stellst Dir also vor,
dass alles schwer ist?
Bingo!!!
Es funktioniert ja mit Deiner Vorstellungskraft,
da kann es dann auch gar nicht leicht sein.
Nr. 2 macht es Dir auf Grund Deiner Überzeu-
gung jetzt auch schwer. Und schon bald geht
es los mit den Schwierigkeiten.
Wie an Deinem PC, musst Du
bei einer Fehlbestellung eine Neueingabe
machen, um das zu bekommen,
was Du willst.

Betätige bei Bedarf die Löschtaste in
Deinem Denkapparat und
programmiere ihn neu
und erwarte dann etwas Besseres.

Begriffsbeschreibung

a. Caller
   Jemand der die Strategie ansagt.

b. Entry Fragger. Abfangjäger (Die Abwehr-zelle), Jemand, der für den 1. Kill sorgt und damit die erste Runde eröffnet.

c. In Game Leader
   Jemand, der während der Runde die Füh-rung übernimmt.

d. Scoper
   Derjenige, der das Scharfschützengewehr spielt.

e. Supporter
   Jemand, der eine wichtige Rolle über-nimmt und alle unterstützt.

Hey, ich bin 1 Kraftwerk

Von Deinen
$3*10^{13}$
also 30 Billionen
bzw. 30 000 000 000 000

Die Armee in dir

Eine Armee, die nur Dir unterstellt ist,
die Dir dient und gehorcht,
deren Commander du bist.
Deine Armee besteht aus Milliarden Einzelzel-
len.
Stationiert in verschiedenen TT – Truppenteile.
Truppenteile unterschiedlicher Größenordnung
wie Batterien, Kompanie, Bataillon und größe-
ren Verbänden als die gesamte Einheit aller
Verteidigungs- und Lebenskräfte im Panzer
Deines physischen Vehikels.

Stelle Dir dieses einmal vor als Milliarden
kleine Smileys, die blinkern bei ihrer
Funktion, sich des Lebens freuen oder auch
nicht
in den jeweiligen TT, z.B. Außenposten Haut,
Innenposten Herz, Lunge, Magen, Gewebe,
Knochen, Flüssigkeiten
und was sonst noch so alles zum
funktionierenden Heer gehört.

Der Caller:

Commander und Stratege,

gibt die Befehle.

1. Befehl – Positiv = G-Gesundheit

2. Befehl – Negativ= K-Krankheit

Der Körper folgt dem Geist (Bruce Lee).

Der Supporter:

übernimmt sofort die wichtige Rolle als Unter-
stützer des jeweiligen Befehls, OHNE Hinter-
fragung, also blind und führt automatisch zur

Realität als G oder K

Bei andauernder B2-Gefechtsstellung
bilden sich K-Zellen, formieren sich
ganz neue K-TT, feindliche Truppen.
Erst im Geheimen, aber dann wird
der Angriff offensichtlich, durch Ausfälle
in der Einheit. K-TT versuchen sich
ein Gebiet zu erkämpfen.

Auswirkung der Aufmerksamkeit

In Einheit-G wird Alarm ausgelöst.
Der Caller muss aktiv werden.
In der Zentrale macht er eine Analyse
der aktuellen Lage.
B2 und seine Auswirkung sind enttarnt.
Noch an „Ort und Stelle", in der Zentrale,
liquidiert der Entry Fragger B2,
Ursprung der K-TT.

Dann erfolgt die neue Strategie auf der Karte.
B1 wird aktiviert, über „Flix-Netz", die
schnellste Datenübermittlung, die es gibt, mit
der alle Zellen vernetzt sind.
Der Supporter wird jetzt zum Game Leader
und nimmt seinen Posten ein.
Einheit-G ist mobilisiert.
Über Flix-Netz-B1-Code sind alle Scoper in
Stellung gebracht worden, sie eliminieren alle
K-TT.
Das Vertrauen in die Armee, mit ihrer präzisen
Ausführung der Befehle, garantiert den Sieg
der „Operation Gesundheit".

Wie lautet der Befehl?

Die Waffe Wort

Die Wortwaffe ist die zielsicherste und
treffsicherste Waffe der Welt. Sie verfehlt
ihr Ziel, die Ohren anderer Menschen,
NIE.
Sie ist unsichtbar, wird aus Gedanken
produziert, so wie auch die Munition dafür.
Das Depot ist unerschöpflich.
Jeder Mensch ist mit ihr bewaffnet, ohne Waf-
fenschein. Untrainiert und nicht
eingeschlossen kann sie jederzeit
abgefeuert werden.
Das Ziel getroffen, entfaltet sich eine
Kettenreaktion, mit schnell übergreifendem
Flächenbrand in den Zentralen (Köpfen)
anderer Menschen, es findet eine
feindliche Übernahme statt, wenn durch
das Geschoss die Zentrale
ausgeschaltet wird und sich selbst somit
zur Untergebenen degradiert hat.

Beurteilung   Verurteilung

Freiwillig

FREI + WILLIG

aufgegebenes, eigenes Hoheitsgebiet.

Vom kleinsten Streit bis hin zum Weltkrieg
ist das Wort hauptverantwortlich.

Aber: Es gibt auch das Wortgeschoss
Pfeil, das direkt ins Herz trifft und die
gleiche Entfaltung auslöst, in die positive,
kraftvolle, ewig schöpferisch-aufbauende
Lebensenergie, die wir auch Liebe oder
höhere Weisheit nennen.

Lausche…, Höre…, mit Ohr und Herz.

DAS WORT

DER GEFÜHLSBETONTE GEDANKE

Was soll es erreichen?
Gebrauche es eigenverantwortlich,
aber immer zum BESTEN für ALLE.
Für die Zukunft vertraue ich auf
Deine/Eure eingeschalteten Zentralen!

Es grüßt dich Oma

Alle Saat wächst ihrer Art entsprechend.

Die Wahl der Waffe
ist Deine Entscheidung
über das Geschehen

Notizen für deine Gedanken

Notizen für deine Gedanken

Notizen für deine Gedanken

Notizen für deine Gedanken

Notizen für deine Gedanken

Notizen für deine Gedanken

Notizen für deine Gedanken

Notizen für deine Gedanken

Notizen für deine Gedanken

Notizen für deine Gedanken

Zeitfracht Medien GmbH
Ferdinand-Jühlke-Straße 7
99095 Erfurt, Deutschland
produktsicherheit@kolibri360.de